ÉPITRE

AU ROI.

Imprimerie A. François et C.ᵉ, rue du Petit-Carreau, 32.

ÉPITRE

AU ROI.

Prix : 50 centimes.

1845.

PARISSE, ÉDITEUR,

Place des Victoires, N° 3.

PARIS.

AU ROI.

PHILIPPE, des méchants, pour flétrir ton génie,
Distillent vainement le poison de l'envie ;
L'œuvre que tu poursuis est un noble labeur;
Le but où tu t'élance est le but d'un grand cœur....
De ton siècle entraîné dans le torrent des âges,
Quand la Postérité déroulera les pages,
Nos neveux admirant tes travaux immortels,
A ta gloire voudront ériger des autels.

Prince longtemps martyr des erreurs d'une autre ère,

On vit dans le malheur grandir ton caractère.

Et demeuré fidèle au culte du pays,

Ses oppresseurs pour toi furent des ennemis.

Un jour vint où le peuple, en sa juste colère,

Renversa pour toujours du trône héréditaire

Un monarque parjure, un despote insensé;

Alors tu naquis ROI, fils de la LIBERTÉ!...

Il te fallut des flots d'une mer orageuse

Maîtriser la fureur, et ta main courageuse

Du trident à ces flots imposant le pouvoir,

Dans nos cœurs a semé le germe de l'espoir!...

Oh! ce germe fécond, éclos sous l'influence

De ton puissant soleil, fait bénir sa présence...

Aux feux de ton soleil incessamment grandit

L'arbre saint de la Paix, dont nous cueillons le fruit!...

Oui, PHILIPPE, par toi, notre pays prospère

Idolâtre son prince à l'égal d'un bon père :

Le pays, chêne altier, battu par les autans,

Longtemps leur opposa des efforts impuissans ;

A force de plier, sa cîme était flétrie,

Aujourd'hui, par tes mains, sa tige raffermie

Étend, étend au loin des rameaux protecteurs,

Et des noirs aquilons conjurant les fureurs,

Le chêne réunit sous son immense ombrage

Tes sujets, tes enfans préservés de l'orage...

Le Dieu Plutus assis sur son trône doré,

Dispense ses faveurs au peuple fortuné

D'une main qui jamais ne fut plus libérale ;

La déesse Pandore, à la boîte fatale,

S'éloignant de nos bords favorisés des cieux,

N'infecte plus de maux le toit de malheureux,

Et Thémis, apportant sur l'autel de son temple

Ses attributs sacrés, que le peuple contemple,

De sa justice à tous assure les bienfaits...

Le pays, sous ton règne, a vu finir à jamais

L'égoïsme hideux, qui de tristes souillures

Naguère flétrissant les âmes les plus pures,

Les faisait s'enivrer aux sources du Pactole;

Du CHRIST mourant pour tous, la divine auréole

Est le symbole auguste, est l'astre radieux

Auquel nous adressons notre hommage et nos vœux...

Des civiques devoirs l'admirable pratique

Epure chaque jour la morale publique

Au sein d'un peuple ami du travail et des lois,

S'inspirant des vertus du Prince de son choix.

Chaque jour l'industrie enfante ses merveilles

Conquête du talent et fruit de longues veilles;

Ou célèbre génie, ou modeste artisan,

De la gloire publique éclairé partisan,

Chaque citoyen veut de sa main fondatrice

De la gloire du peuple agrandir l'édifice.

Du sol, qu'ont fécondé des bras intelligens,

Surgissent en flots d'or les produits bienfaisans,

Et la nature ainsi partout fertilisée,

Présente aux yeux l'aspect d'un immense Elysée...

Des beaux-arts, chaque jour, nous voyons les autels

Rayonner de l'éclat de cent noms fraternels,

Noms que la France inscrit aux fastes de l'histoire,

Pour illustrer, PHILIPPE, et ton règne et ta gloire !...

Et du peuple et du roi le choix intelligent

Au génie, à l'honneur, au mérite, au talent,

De nos deux grands sénats ouvre le sanctuaire,

Et ce double sénat est la double hémisphère

Où prospère et grandit le monde social

Que soutient de ton bras le pouvoir colossal...

De ce double sénat où la vertu réside,

Les membres généreux ont ta raison pour guide,

Et leurs sages travaux d'un doux fleuve de miel

Fondent pour le pays, le lit pur, éternel.

Dans notre âge éclairé, la religion sainte

Ne fait plus redouter sa fanatique étreinte.

Et, par la tolérance au culte conviés,

Tous vénèrent de Dieu ces ministres zélés,

Dont les modestes cœurs, animés de la flamme

Qui du Sauveur du monde a divinisé l'âme,

Dédaignant ici-bas des biens l'appât trompeur,

Au salut du prochain consacrent leur ardeur.

Dans les siècles passés ont surgi de grands hommes,

De leur cendre féconde, au grand siècle où nous sommes,

Naît leur postérité, qui de son être auteur,

Atteste du Phénix le pouvoir créateur,

Du Phénix, éternel emblême du génie

Qui dote les grands cœurs de lumière et de vie!...

Si du Dieu des combats le ministre-héros

A nos braves soldats commande le repos,

On voit briller l'éclat de son illustre épée

Qui sut de son pays changer la destinée;

Ce fer, où resplendit la palme du vainqueur,

Du guerrier populaire atteste la valeur.

Thémis a confié son sacerdoce auguste

Aux mains d'un magistrat doté du nom de juste ;

Par un choix éclairé, nommé pour précepteur

De nos enfans chéris notre espoir, notre honneur,

Un savant immortel est régent des écoles ;

Le chef de nos marins des terribles Eoles

A bravé la colère au péril de ses jours ;

Avec les étrangers s'il veut la paix, toujours.

Des ministres le prince , illustrant sa grande âme.

Partout fait du pays respecter l'oriflâme.

Et pourtant, chaque jour, d'indignes détracteurs

Sur ces grands citoyens exercent leurs fureurs,

Escomptent en écus le fruit de la sottise ,

Qu'ils vendent librement comme une marchandise ;

Puis étanchant leur soif au flot limpide et pur

D'un fleuve, où d'un beau ciel se reproduit l'azur,

Ils infectent après d'une fange honteuse

Son eau par eux changée en une onde bourbeuse ;

Mais le fleuve aussitôt, dans son rapide cours,

Entraîne le limon vers de lointains séjours,

Et son brillant cristal vient refléter l'image

Des détracteurs saisis d'impuissance et de rage...

Qu'importe à vos grands cœurs, qu'importe à vos vertus,

Ministres, qu'un Roi sage a parmi tous élus,

Pour dispenser à tous et la paix et la gloire,

Si le venin d'un sot, bave diffamatoire,

Veut ternir de vos noms la brillante splendeur !...

Il doit être impuissant pour flétrir votre honneur.

A l'éclat du soleil, quand un nuage sombre

Au milieu de son cours, a fait succéder l'ombre,

Du nuage bientôt ses feux triomphateurs

Dissipent dans les airs les obscures vapeurs.

Sous ton empire heureux, si nous voyons la France

Conquérir par la paix sa gloire et sa puissance,

La France en chérissant les nations en sœur,

Sait veiller au maintien de sa noble grandeur ;

Son glaive est aiguisé, le canon des batailles

Peut encore annoncer les grandes funérailles

Des rois, qui follement armés contre ses droits,

Voudront au despotisme adjuger leurs exploits.

A toi, merci, PHILIPPE, au nom de la patrie,

Des biens dont chaque jour la dote ton génie...

Oh ! Messie, envoyé du céleste séjour,

Pour nous combler ici de bienfaits et d'amour ,

Nous te voyons, fidèle à ta mission sainte,

Régner sur le pays sans reproche et sans crainte !

FIN.

www.ingramcontent.com/pod-product-compliance
Lightning Source LLC
LaVergne TN
LVHW052332060726
842524LV00018B/2950